우리 집에는 구신이 산다

김경희 시집

우리 집에는 구신이 산다

달아실기획시집
28

보조 용언과 합성 명사의 띄어쓰기 등 본문의 맞춤법은 시인의 의도에 따른 것임.

산골짜기가 답답하고 바다가 답답했던 꼬마는 산에 기대 울었고,
바다에 기대 또 울었다.

꼬마는 이제 어른으로 자랐고, 사람이 아파 울고, 고마워 울고,
사람과 함께 운다.

이제 겨우 첫 울음을 뗀다.

2023년 9월 가을 초입
김경희

우
리
집
에
는
구
신
이
산
다

2부. 그리하면 슬프지 아니하리라

3부. 세상 살기 참 쉽소이만

1부

우리 집에는 구신이 산다

다락방 구신

우리 집에는 구신이 산다
맨날은 아닌데 가끔씩 구신이 온다
구신이 사는 방은 다락방이다
다락방에는 쥐새끼하고 구신하고 같이 산다

근데 구신 소리가 나한테만 들린다
쿵쿵거리고 기침도 하는데
겁쟁이 어머니 귀에는 안 들린다
그래서 더 무섭다
지난주엔 다락방 문을 열고 잤다가
구신이 날 잡아가려고 내 발을 잡아당겼다
분명히 날 건드렸다
어머니는 개꿈 꿨다고 무시했다

고등학교 다니는 오빠를 보면 일러줄 거다
뭐 나랑 안 놀아줘서 별로 안 친하지만
오빠한테 새로 이사 온 이 집에
구신 산다고 잡으라고 시켜야겠다

애국가 끝나고 나면 집에 오는 거 같은데
꼬옥 어머니랑 부엌에서 둘이서만 친한 척하고
오빠는 금방 사라진다
나랑 노는 게 그렇게 싫나?
아까도 인사 소리가 들렸는데
부엌에서 뭐라고 뭐라고 하는 거 같았는데
오빠는 또 안 보인다
이 겁쟁이 같으니라구!

오늘밤에도 구신이 왔는데,
다락방에서 구신이 쿵쿵거리는데
오빠는 안 보인다
다락방에 구신이 왔는데

아버지의 이름

아버지가 가진 첫 이름은 고아였대
영귀미면에 처음 왔을 때부터
남들이 처음 붙여준 이름이랜다

아버지의 두 번째 이름은 머슴이었대
하루하루 남의 집 일을 도와주고 삯을 받았지
코딱지만 한 땅도 없어 품을 팔았더랜다

아버지의 세 번째 이름은 짱개였대
그리도 예쁘고 착한 누이가 아기를 낳고서는
그리도 두들겨 팼더랜다, 매일
읍내로 도망쳐 짱개집 배달을 했는데
거기서도 주방장한테 매일 맞았더랜다

그 많은 이름 중에서도 아버지란 이름이 제일 좋았댄다
양쪽에서 불러대는 소리에 정신이 없어도 좋았더랜다
아버지가!

아버지의 마지막 이름은 할아버지다

이제 남은 이름 하나, 할아버지
요양원 노인들 모두 평등하게 가진 이름이지,
할아버지
치매 걸린 할아버지

은희의 사부곡

은희는 집을 나오면서부터 울었다
전라도 시골집에 보부상 내외가 온 다음 날,
생전 처음 보는 그네들을 따라나섰던
그 밤부터 은희는 울었다
강원도 어딘가에 마땅한 임자 있음 판다고,
다들 그렇게 시집간다고

학교에 새로 온 총각샘 얼굴도 못 보았는데

은희는 강원도에 들어서면서부터 울었다
동창 여인숙에 도착한 이후 내내 갇혀 있다가
장날에 짜장 사 준다고 해서 따라나섰던
그 밤에도 은희는 울었다
같이 짜장 먹은 사내가 임자라고,
다들 그렇게 결혼한다고

생전 처음 보는 사내인데

은희는 동창에서 살림하면서부터 안 울었다

시엄니가 때려도 안 울었고
동네 사람들이 뒤에서 흉을 보아도
그 밤에 신랑이 때려도 안 울었다
강원도에서 전라도 가는 길을 몰랐고,
다들 그렇게 참고 산다고

약해지면 안 돼

은희는 전라도에 처음 돌아가는 날에도 안 울었다
장인이 죽었다고
다음 날 시엄니 아침상 차려놓고 가라 해서
그 밤에 은희는 울음을 삼켰다
나를 팔아버린 아버지가 죽었단다,
다들 그렇게 벌을 받는 거다

살아서 나를 찾았어야지, 나를 보고 갔어야지

옥련이와 장학사

저기 우물가 길에, 홍천 향교 옆집에
옥련이가 소핵교 선생 면접을 봤대여
어쩐지~ 엊그제 아침 일찍 나가더라구여
그 비싼 동백기름을 머리에 곱게 바르고여

예쁜 기모노 사이에
흰 저고리, 검은 치마 입고 안 떨었나 몰라여
여선생이 못 되면 일 얻으러
옥련이도 서울 가야 한다고 하던데여

첫 번째 면접 질문이 글씨,
태극 문양을 본 적이 있냐고 묻드래여
옥련이야 매일 보는 거니 그렇다고 했드니
바로 순사가 끌고 밖으로 나가드래여

깜깜할 때 일본인 장학사가
옥련이를 지네 집에 불렀대여
옥련이가 멋도 모르고 찾아갔다가
실컷 두들겨 맞았드래여!

바보 같은 조선년!
그게 뭔지나 알고 대답을 그리해?
불량한 자들이나 보는 그걸 맨날 봐?
이 바보 같은 조센징!

근데 말이에여~,
엉엉거리는 소리가 글씨 그 장학사 소리드래여!
조선년 살리려던 내가 바보라구
장학사가 그리 울드래여

그 집 식모가 그러는데
장학사 나리가 된장국을 좋아한대여
뭐, 그랬드래여
어쨌든 옥련이가 소핵교에 다니네여, 부럽네여

순녀

요란한 철쭉이 눈을 홀리면
순녀의 마음은 벌써 학교에 가 있다
올봄에는 기어코 학교에 다니리라
오래비와 언니들 사이에 끼어서
나도 흰 저고리 곱게 다려 입고 다니리라
가슴에 분홍색 희망을 피워본다

빗물이 넘쳐 통나무 다리가 떠내려가면
순녀의 가슴은 벌써 졸여온다
이번 여름에는 기어코 학교에 안 빠지리라
보따리에 고무신 싸매 넣고
하얀 종아리를 내 보이더라도
저 개울을 건너 꼬옥 교실에 가 앉겠노라
가슴에 바알간 의지를 품어본다

뽕나무 잎이 시들고 애벌레 살이 오르면
순녀는 애가 타 눈이 벌게진다
이번 가을에는 월납금을 반드시 준비하리라
새벽에 뽕을 따고 꼴을 베고

이 가을밤에 한글 책을 띠고 말리라
가슴에 굳은 다짐을 새겨본다

가을달이 저물어 구름 뒤에 숨으면
순녀도 그 새를 타 눈물을 훔친다
동짓달이 언제나 지나려나
오늘밤에도 학교 꿈을 꿀 수 있을까?
선생님과 동무들 사이에
제일루 큰 목소리로 글을 읽던
오래비의 그 친구를 볼 수나 있으려나

할머니 선생님

니 아빠가 처음 학교에 왔을 때 말야
김 씨네 삼 형제가 한꺼번에 들어오는데
교실 까만 벽이 하얘지듯 환한 거야
니 아빠는 아기 적에도 인물이 좋았어
니 아빠가 장거리에서 야구하는 날이면
YMCA 여자들이 난리가 났었어

니 엄마도 이뻤어
맨날 니 외할미가 다림질을 곱게 해서 보냈어
비 오는 날에는 니네 큰외삼춘들이 업어 왔어
니네 엄마가 이 씨네 막내딸이잖아
아주 귀하게 자랐지
장거리까지 소문이 자자했었어

니 오빠들이 니네 부모 자식이라 했을 때
아니, 면삼소 근처에서 살지, 왜 절간까지 들어왔대?
나도 놀랬어!
암튼 니 오빠들도 둘 다 공부를 잘했어
눈이 반질반질해 갖고

질문을 하면 대답은 안 하고 배시시 웃기만 했어
누가 형제 아니라 할까 봐, 둘이 똑같앴어

니 엄마가 애를 또 뱄다는 소문은 들었지
근데 내가 홍천 학교로 발령이 났지 뭐야
그래서 니가 나오는 걸 못 보았는데
니가 니네 엄마 딸이야?
에이고, 웃겨라!

그래서, 니가 지금 초뎅학교 선생이라구?
우리 애기가?
내가 복을 받나 보다
우리 애기가 초뎅학교 선생을 한다네
내가 복을 받나 보다

왕골 돗자리

왕골대마다 하나하나
허리 숙여 인사를 드리고
제가 난 땅에서 쑤욱 뽑아 든다
이렇게 잘 자라 고맙다고 인사를 하는
내 마음을 아는 듯
대들이 온몸을 살랑 흔들며
내 마음을 달랜다

애 엄마와
왕골대 끝을 하나씩 나누어 잡는다
내 인생 한 끝을 쥐고 있는 이 여자는
시집온 지 한 달 만에 대농사를 함께 지었다
아무 말 없이

짱짱하게 잡으라!
에고, 그땐 하얀 강아지 같던 게
지금은 애를 몇이나 낳았다고
목소리도 크고 힘도 세
대가 아니라

내가 지 앞으로 끌려갈 판이다

엄니가 나오니
아내는 골방으로 말없이 들어간다
돗자리를 짜러 그 방에 또 들어간다
강아지 밥 주듯
기계에 한 자락 한 자락 잘도 끼워준다
그려,
내 인생도 당신이 그래 끼워준 게지

아리랑 부부

아리랑을 부르며 이장저장 떠도는
보부상 부부

남의 동네 5일장을 죄다 꿰어 차고는
역마살에 이끌려
유랑을 한다

사내는 양장 옷에 공산품을 메고
아낙은 말린 생선에 장신구를 이고
아리랑을 주고 받는다

고향집에 맡기고 온
기집년이 보채던 게 생각나면
더 빨리 더 크게 부른다

멘 것을 이골저골 풀어놓고
인 것을 이재저재 나눠 주기도 전에
마음은 고향 동구 밖에 선다

기집년 눈깔사탕 하나에
엄니 드실 뼈다귀를 안고
어서 가자 한다

꼭지

3대 독자를 낳은 할머니는 우리 집 최대 독재자다
맨날 방구석에 처박혀 엄마한테 명령만 한다
엄마는 도대체 무슨 죄를 지었나?
할머니가 욕을 하든 소리를 지르든 말이 없다

꼭지야!

3대 독자인 아버지는 우리 집에서 제일 편한 백성이다
맨날 아무 말도 안 해도 엄마가 다 해준다
아버지가 도대체 무얼 잘했다고
술을 먹고 울어도 지랄 같은 할머니가 가만히 놔두는지
모르겠다

꼭지야~

3대 독자의 막내딸인 나는 우리 집에서 엄마의 죄다
맨날 부엌에 쪼그려 앉아 있는 엄마의 마지막 죄다
그 증거는 내 이름이다
후남이의 막냇동생, 꼭지

필남이의 아랫동생, 꼭지

꼭지야!

맞선

오라비들이 친구를 데려온다고 했다
시장 거리에 사는 친구란다
첫째, 둘째 오라비들하고 사촌들하고 같이 학교 댕기는
자란다
우리 땅 아님 전부 그 집 땅이라던데 그 집 막내아들이
란다

시장 거리에서 야구하는 거 본 거 같은데 그 사람 맞나?
권투할 때 보니 깡패 같기도 하고 무서운 사람인가?
고등학교 댕기는 걸 보면 똑똑하기도 한가 보네?
도대체 언제 온다는 거야?

근데 왜 나더러 들어가라는 거야요?
오라비 친구 거의 왔다면서
아까 재 다 넘었다는데 왜 방에 들어가래?
나도 보고 싶은데

뭐야? 벌써 간 겨?
새언니들 탬시롱 나만 못 본 겨?

동백기름 바르고 왔다며?
왜 나만 못 보게 한 겨?

이래 놓고 나더러 결혼을 하래?
난 얼굴도 못 보았는데, 뭔 소리여?
그 사람이 나를 언제 봤다고 좋다고 했다는 건지…
이래 놓고 나더러 결혼을 하래?

진이 엄마

진이 엄마는 어떤 사람인지 모른다
동네 사람 아무하고도 말이 없다
그 작은 키에 벌건 다라를 이고
빨래터까지 걸어가는 동안
아무 말이 없다
동네 여편네들하고 인사할 때도
작은 고갯짓만으로 수줍다
그저 방망이질만 대차다

진이 엄마는 어디 사람인지 모른다
동네 사람 아무하고도 친구가 아니다
개강아지 같은 걸 셋이나 키워도
집 밖으로 새어 나오는
아무 소리가 없다
다들 제 고향이 어디인지 통성명하는데
그냥 진이 엄마라 한다
그저 세간 닦는 솜씨만 대차다

진이 엄마 속은 아무도 모른다

동네 사람 아무도
어젯밤에도 동네가 그리 시끄러웠는데도
아무 일도 없었다는 듯이
이른 새벽부터 우물가에 나온 진이 엄마는
오늘도 아무 말이 없다
물은 아까 와서 다 길러놓고
우물서 새어 나온 찌끄래기 물길만 터주고 있다
우물 옆에서 앉아서

자전거 2

그래, 엄마도 자전거 좋아했어
외할아버지가 기집애는 자전거 타는 거 아니라면서
자전거 못 타게 해서
맨날 고물상집 벽에 숨겨놨었어

그래도 외할머니가 타게 해줬어
대바느질 뜨개옷 마감 날마다 갖다 주라고
연봉 정미소까지
달에 한 번은 허락해주셨어

아, 외할아버지가 고지식하잖아
할머니가 바깥일 하는 거 싫어해서
외할머니는 집에서 부업만 했거든
배달이 엄마 몫이었어

자전거 타고 정미소집에 가면
뜨개 아줌마가 쌀엿을 줬어
그래서 자전거 타고 가는 게
엄마는 너무 좋았어

진짜야, 엄마도 자전거 좋아했어

이 씨네 막내딸

이 씨네 막내딸은 천덕꾸러기
아들이 셋이나 있는 집에 괜시리 태어나
밥이나 축내려 태어났어

너를 낳아준 것에 감사해라

이 씨네 막내딸은 식모
오빠들 시내에서 고등학교 공부하는 동안
빨래나 해주며 밥값하는 밥순이지

기집애가 시내 구경도 하고 좋지?

이 씨네 막내딸은 살림 밑천
이 씨네 논밭에서 품팔이하는 하는 머슴들,
동네 공사판 아재들 밥해주는 식당년이야

너 시집갈 때 몽땅 챙겨줄게

이 씨네 막내딸은 말야,

선산 지키는 굽은 나무마냥
시집도 못 가고 부모 공양이나 하며 살아

너한테 왜 그랬을까…?

딸 부잣집

아부지,
우리가 민 씨네 집성촌에서 이사 나온 날
첫 번째 월세방 얻었다고 아부지가
다음날 괴기 사 왔었잖아요
근데 이사한 날 어무이가 울었잖아요
그리 서럽게 우는 거 처음 봤어요
아들 필요 없다고, 나만 있으면 된다고
아부지가 술주정해서
민 씨네 문중 땅에서 쫓겨나고
아부지 친구네 회사 상사님네 집에 이사 온 그날,
어무이가 울었잖아요

나는 좋기만 했어요
이사 온 첫날,
어무이랑 나는 난생처음 짜장면 먹고
며칠 있다가 벌건 시루떡도 얻어먹고
너무 좋았어요

지금도 제일루 좋은 건

제가요, 골목을 아무리 뛰댕겨도
기집애가 재수 없게 뛴다고
욕하는 사람이 아무도 없다는 거예요

어무이도 머 물 길러 안 나가도 된다고
수돗물로 마당에서 빨래한다고
이제는 좋대요

내도 여기 골목집이 좋아요
아부지는 나, 딸 하나만 있음 되는 거 맞지요?
그럼 내도 좋아요

난닝구와 행주

남편의 마흔 번째 생일날
손바닥만 한 파운드케익에 초를 꽂았다
아들은 아비의 발이 고생한다며 양말을 선물했고
딸은 아비의 눈이 저만 보라며 노래를 했다

아이들을 재운 뒤
아내는 부끄러이 까만 비닐봉지를 내밀었다
하얀 난닝구 두 개
누런 난닝구를 벗고 하얀 난닝구를 입은
남편은 미안해하는 아내의 두 손을 꼭 잡았다

남편마저 재운 뒤
아내는 누런 난닝구를 잘랐다
쇠가위로 조심스레 행주를 만들어
양잿물을 넣고 곤로 위에 삶는다
남편 생일 덕분에 행주가 두 개나 생겼네
아내는 흐뭇해하며 혼잣말을 하는 것이었다

전쟁통

요즘은 예쁜 옷도 못 갈아입고
거지꼴을 하고 산다
노란 옷을 입으면
저 하늘 위에서 병아리새끼인 줄 알고
매가 와서 잡아채 간다고 해서
못 입는다

요즘은 옷도 못 갈아입고
거지꼴을 하고 산다
빨간 옷을 입으면
저 하늘 위에서 사람인 줄 알고
뺑기가 와서 폭격을 한다고 해서
마당에도 못 나간다

직녀의 꿈

사각사각
꿈이 사각사각 쌓인다
저것들이 뽕잎을 갉아먹을수록 꿈이 쌓인다
장날 시장 거리에 나가
빠마를 하고 양장 옷을 사고 삐딱구두를 살 테다

사각사사각
돈이 시시각각 모인다
그래, 많이 처묵으라. 내일 아침에 잎 갈아줄게
뒷산에 가서 뽕잎을 따다 갈면
저것들이 실을 토해내고 그만큼 내 돈은 쌓일 테다

사각사각
돈이 사각사각 쌓인다
나만 기집애라고 핵교 안 보냈지?
흥! 돈 모아서 내 꼭 핵교 갈 끼다
두고 봐라

사각사각

그래, 그래. 많이 처묵으라
밤새 처묵으라

수양

아버지,
나도 공부시켜주소!
왜 형만 공부시키나?
형은 책 보고 나는 김매고,
싫소!

아버지,
나 집 나가요!
읍내 박 선생님네 수양 갈라요
그 집 아들 과외해주면
나 학교 보내준다요

아버지,
나 왔어요
형보다 내가 낫지요?
내 자식도 저거들보다 낫기요
두고 보라요

아버지,

나 왜 안 잡았소?

내 삭시는 제사상 두 번 차리요

내 자식은 김씨요, 박씨요?

아버지!

2부

그리하면 슬프지 아니하리라

새우젓

나도 내 인생이 이리 될 줄 몰랐다
넓디넓은 세상을 호령하며 다닐 줄 알았지
이렇게 좁은 세상에 갇혀
허리 한 번 못 편 채 있게 될 줄 몰랐다
빳빳이 고개를 쳐들어 하늘을 볼 수가 없다
푸른 하늘 보며 숨을 들이쉬고
마음대로 바다를 헤엄쳐 다니려던
내 큰 꿈은 어디로 갔나
이건 내가 꿈꾸던 오늘이 아니다
아! 하늘을 볼 수가 없다
나의 하늘은 없다
나의 해도 없다
이 토굴 속에는
아무것도 없다
굽은 허리를 펼 수 있는
내일이 올까?
대답해 줄 이마저 없다

이 짠내는 머지?

땀 냄시인지 바다 냄시인지 모르겠다
씻는다고 씻겨질지 모르겠다
설마 내 냄시인가, 저 놈 냄시겠지?
나도 내 인생이 이리될 줄 몰랐다

아!
다시 하늘이 보고 싶다

강아지풀

강아지풀이 떼 지어 웃고 있다
한 놈이 웃으니 여러 놈이 같이 웃나 보다
그래, 그렇게 함께 웃어라
그리하면 슬프지 아니하리라!

강아지풀이 떼 지어 흔들거린다
이놈한테 치이고 저놈한테 치이고
그래, 그렇게 함께 치여라
그리하면 쓰러지지 아니하리라!

리어카

꽃샘추위가 오락가락하는 틈을 타
새로운 노선을 또 하나 열었다
작년에도 그리 생고생을 시키더니
올해도 편히 지내기는 글렀다
생각만 해도 한 해가 막막하다

해가 한숨을 돌리는 틈을 타
아파트 뒤편 나무 옆에서 잠시 쉰다
앞을 억지로 잡아끄는 늙은 주인 덕에
바퀴가 해지도록 여태 굴렀다
이제야 한 숨 쉬어보자

담배 연기 몽글해지는 틈을 타
너른 들판 달리는 꿈을 누려본다
늙은 주인이 채운 이 쇠사슬만 아니었음
꿈같이 달려보련만
아이고, 다시 또 나가잰다

기도祈禱

할머니는 늘 서쪽하늘을 향해 기도를 했다
해가 졌는데 세수를 하고, 머리에 수건을 두르고
혼자 장독대에 한참을 서 있었다
그러고는 수건을 풀고 얼굴을 가렸다

우리 엄마도 기도를 했다
해가 뜨기 전에 오르막길을 올라
성당에 있는 십자가를 보고 혼자 인사를 했다
그러고는 흰 미사포로 온통 머리를 가렸다

나도 기도를 한다
나는 나를 가릴 게 없어 눈을 감고
무슨 말을 해야 할지 몰라 입을 다물고
그저 하늘에 묻는다
할머니가 이렇게 했냐고

우리 엄마한테 왜 그랬냐고
하늘에 묻는다

자전거 3

요즘도 그래,
자전거를 타고 달리다 보면
내가 어디로 가는 건지
나도 모르겠어
오빠 자전거 뒤에 매달려서
시내버스 뒤를 쫓던 그날처럼
이 길을 달리긴 하는데,
이제는 나 혼자네?

아직도 그래,
자전거를 가끔 타다 보면
뒤에서 오빠가
나를 지켜보는 거 같아
오빠가 앞만 보고 달리라고
성당 마당에서 외치던 그날처럼
이 길을 달리긴 하는데,
이제는 나 혼자네

외할머니

하루에 두 번 대니는 시내버스를 얻어 타고
한나절을 덜컹거리면 정류장도 아닌 데서 내리란다
구랭이가 기댕기는 길이 나오면
한참 후에 산 밑에 딸랑 집 하나가 보인다

일 년에 하룻밤만 사는 외할머니를 보러
일 년에 한 번씩 엄마는 꾸역꾸역 외갓집에 온다

엄마의 하루는 일 년 같이 길었다
외할머니는 아무 말 없이 밤새 엄마 손을 잡고
엄마는 내내 외할머니만 쳐다보기에 하룻밤이 짧지 않다

이튿날 새벽부터 외할머니는 쪽진 머리를 하고 바쁘다
광으로 쓰는 사랑채 방들에서 무얼 꺼내고
굴뚝같은 기둥에서 또 무얼 꺼낸다

내 왼손에 꼬깃한 만 원짜리 하나 쥐어주고
가지 말라고 하룻밤만 더 자라고 꼬신다
내가 할머니 막내딸이랑 똑 닮았다며

썩은 감자가루마저 보따리에 챙기놓고
큰절하고 돌아서는데 외할머니 끝인사,
"내년에는 꼭 니 어멈 찾으라."

고구마

아버지 하늘로 가신 첫가을,
한 씨네 형제들이 모두 가을밭에 모였다
아버지가 자전거를 타고
효자동에서 고은리까지 오갈 제는
그저 큰아들만 따랐던 밭에
1번부터 6번까지 모두 모였다
누가 보면 밭에서 제사라도 지내는 줄 알겠다

중앙고속도로 IC에서 내리면
언제나 밭에 서 있을 거 같던 아버지 대신
아버지를 닮은 큰아들이 서 있다
1번부터 6번까지 땅을 모두 쪼개어 나누곤
한결같이 고구마를 심었다
봄에도 오늘같이 한데 모여 고구마를 심었다
누가 보면 밭이 큰 줄 알겠다

아버지가 산 첫 번째 땅이라고
큰아들이 팔지 말자고 했다
1번부터 6번까지 함께 농사를 짓자 한다

아버지는 누가 안 와도 챙겨주었는데
큰아들은 안 오면
고구마 한 개도 안 줄 기세다
고구마 심고 캐는 날 꼭 오라 한다

아버지가 이 땅 하나 사고
한 씨 형제를 6번까지 키웠다
이 땅에서
고구마 한 놈 댕겼더니 이놈들이 줄줄이 나온다
1번에서 6번까지 줄줄이 나온다
한 씨 형제처럼 줄줄이
서로 얼굴 보려 나온다

기일 즈음에

이 하늘서 저 하늘로 가시니
좋습디까?
이 하늘은 당신을 그리도 구박만 하더니만
그쪽 하늘은 어떻습까?
잘해줍까?

이 땅서 아래로 가시니
편함까?
이 땅은 당신을 그리도 괄시만 해댔는데
그쪽 땅 아래는 어떻습까?
잘해줍까?

그쪽 하늘, 그쪽 땅 아래 좋을진 몰라도
슬프재?
어린 처자식 버리고 간 게
미안하재?
몹쓸 사람아!

오라비 구박하고 괄시하던

이 하늘 이 땅일랑 잊고
맘 편히 있으쇼
언젠간 다시 만나겠지
못난 사람아!

달래야

나의 살던 고향은
3월에 내린 하얀 눈이 어설피 녹은 땅 위에
부끄러이 진달래가 피는 구룡령
아흔아홉 굽이굽이 진달래가 필 무렵 나를 낳았다고
나를 달래라고 불렀댔나?
7남매 중 맏딸은 나 낳기도 전에 식당 집에 팔아먹었댔
나?

막내인 나는 장날에 나가면 할미 같은 엄마가 챙피해서
늘 큰 새언니 손만 잡고 댕겼어, 기억나?
엄마가 나한테 말도 못 걸게 하고
어느새 우리 가까이 오면
가재미눈을 하고 째려보았잖아, 내가
그럼 엄마는 한참을 떨어지고

그래도 장에 다녀오면
엄마 허리춤엔 내가 이쁘다고 한 게 가득했고
엿은 늘 나만 먹었잖아
예쁜 머리삔도 나만 하구

엄마가 나한테 챙피를 주었으니
엄마는 벌 받아 싸다고 생각했어
내가 그랬어

엄마, 나 미워?

엄마가 살아생전에 외로웠을 거 같아서
엄마 묘지 목을 진달래로 바꾸려 해
낮에 심심하거나 밤에 무서우면
내 이름을 불러

달래야~

명이

기지개도 켜지 못한 채
산비탈에 쪼그리고 앉아 명이를 딴다
명이를 따서 바구니에 차곡차곡 쌓아
내려 보내길 벌써 수십 번

글자도 모르던 나이부터
따고 다듬었던 산나물들,
이제는 지긋할 법도 한데
5일장을 앞두고 명이는
부지런히 산에 든다

명이 따러 산에 갔다가 주워 왔다고
이름을 명이라고 지었다 했다

언젠가는 명이를 따다가
친엄마를 만날 거라 희망을 갖고
명이는 오늘도 산에 든다

자전거 1

오늘은 자전거 타는 날,
드디어 엄마가 뜨개옷 10벌을 완성하는 날이다
엄마는 손이 굼떠서
10벌 뜨는데 보름이나 걸린다

그 옷을 자전거에 싣고
홍천다리 건너 대장 아줌마한테 가면
착하다고 쌀엿을 준다

고물상집에 가서
자전거에 기름칠을 미리 해놔야지

자전거를 타고
연봉 정미소집에 가서 엿 먹어야지
오늘은 자전거 타는 날!

인영 씨

복된 미사를 마치면
성당의 종소리가 홍천 읍내에 퍼진다
언덕배기에 있는 성당 종소리가
오리벌에 퍼지면 평화도 함께 스며온다
가을 햇살 같은 사랑이 이런 것이로구나!

복음 말씀이 마치면
성당의 자모회가 조용히 치러진다
신에게서 아이를 선물 받은 엄마들은
한 달마다 모여 가정의 성화를 함께 기도한다
우리 집 아이가 아기 예수로구나!

지도 수녀님이 말씀을 마치면
엄마들은 저마다 내 탓이요!를 외친다
한 달 동안 낮은 자로 지내셨나요?
한 달 동안 자신을 희생하셨나요?
나는 자신을 내려놓지 못했구나!

마침 기도를 마치면

엄마를 기다리던 아이가 엄마를 부른다
인영 씨! 인영 씨!
아무리 불러도 대답이 없다
……

지친 아이가 다시 엄마를 부른다
영준이 엄마!
그제야 뒤를 돌아보는 최인영 씨
자기 이름도 잊은 채 살면서
엄마가 자기 이름인 줄 살면서

왕골

오늘 새벽도 비닐하우스에서 맞이한다
해 있을 때 대를 뽑다간
내 정신이 뽑힐 거 같아
선선한 새벽에 냄편을 따라나선다
시엄니가 일어났을까나?

시엄니랑 냄편은 평상에서 도란도란
피를 깐다
둘이 주거니 받거니 힘주어 댕기라며
옥신각신한다
둘이 죽이 자알 맞는다

내 혼자 골방에 갇혀
피를 하나하나 기계 아가리에 넣는다
박자를 놓칠세라 고개 한 번 못 돌리고
입으로만 아새끼를 키웠다
고개 한 번 못 돌리고

한 올 한 올에 내 한숨을 넣다 보니

한 줄 한 줄 왕골이 커져간다
그리고
한 살 한 살 내 나이도 쌓여간다

전쟁 이야기

꼴에 오대산 자락 끝이라고 전쟁 난 줄 몰랐다지?
그러게 말야
총 들었으니 군인이지, 그게 국군인지 빨갱이군인지 어
찌 아나?

시장 거리에서 난리 났다고 아지매들이 떠드는 바람에
알았지
이제는 세상이 무서워져서
우리 마을 밖으로 나오면 안 된다는 것을

집에 오자마자 이불하고 옷하고 옥수수 안 익은 걸 싸
매서
산에 들어가 살았어
맨날 동굴 속에서 떠들지도 못하고 울지도 못하고

밤이 되면 엄니 혼자 집에 와서 먹을 걸 훔쳐 왔지
그러다 중공군이라도 만나면
쪼그맨 것들만 있다고 살려달라고 했다지

며칠 지나 쌀 가지러 오면
국군이 우리 집을 차지하고 있어
이번에도 우리는 쪼그맨 것들만 있다고 살려달라고 했
다지

그렇게 산에서 산에서 숨어 지내다가
절간까지 들어가 살았어
그래서 우리 아버지가 군에 끌려가지 않았대

니랑 내랑 아리랑

니랑 내랑 고향이 다르다고? 그게 어때서?
나의 살던 고향은 복숭아꽃, 살구꽃 피는 산골이야
니 고향에는 꽃이 없어?
아니잖아! 할미꽃, 맨드라미 피잖아
니랑 내랑 아리랑 하면 되잖아, 아리랑 고개로 넘어와

니랑 내랑 말이 다르다고? 그게 어때서?
니 지금 내 말 못 알아듣나?
니 내 말 모르나?
아니잖아! 모 알아들음 내 눈 봐라
니랑 내랑 아리랑 하면 되잖아, 아리랑 고개로 넘어와

니랑 내랑 먹는 게 다르다구? 그게 어때서?
나는 감자 썩힌 가루로 떡 맹글어 먹는다
니 고향에는 떡이 없나?
아니잖아! 뱅맹이로 챕쌀 두들기면 떡 된다
니랑 내랑 아리랑 하면 되잖아, 아리랑 고개로 넘어와

니랑 내랑 조상이 다르다고? 그게 어때서?

니 제사 안 지내는 겨? 후레자식인 겨?
니는 빈 상에 절하는 겨?
아닝 기다! 조상님만 마음으로 잘 섬기면 되닝 기다
니랑 내랑 아리랑 하면 되잖아, 아리랑 고개로 넘어와

니랑 내랑 머가 다른뎅? 그게 어때설랑?
나는 소월이 누이랑 강변에서 놀았땅게
니는 산성에서 뉘랑 놀았는뎅?
니랑 내랑 친구다, 그치?
니랑 내랑 아리랑 하면 되잖아, 아리랑 고개로 넘어와

이제 안 올랍니다

초승달 몸매가 나뭇가지 하나로도 숨겨질 무렵 아재가 큰애하고 함께 38선을 넘었잖아요

땅 주인인 풀들마저 아무에게나 길을 터주는 곳이지만 바깥에서 온 손님들 말로는 이젠 안 된다고 했었어요

아재가 남쪽 양키 물건을 마지막으로 구하러, 크게 한 몫 잡으러 큰아들까정 데리고 구릉을 넘자 했지요

혹시나 총 든 사람 마주치면 내줄 양키 담배를 주머니에 가득 챙긴 채, 그 밤에 그곳을 넘었잖아요

그렇게 고향 끝자락을 우리가 넘었잖아요

그믐달이 배가 나올라 치면 구릉마다 번잡해요

뭐가 있는지 없는지 들것들이 오르락내리락해요

지가 타고 난 고향인데도 낮에는 들것들도 몸을 숙이고 밤에야 설쳐대요

그러다 큰일 나면 안 되는데, 저 짐승들이 뭘 알겠어요?

정수가, 그 어린것이 지 동생들 데려와야 한다고, 그 밤에 지아비 몰래 다시 저 수풀로 들어섰었지요

군인들이 땅에다 무얼 심었다고 하던데, 밟지만 않음 티가 안 날 거라 했어요

남의 거 밟지만 않음 군인들한테 피해가 없을 줄 알았
던 게지요
　지가 날아갈 줄 모르고 저길 지발로 들어간 게지요

　보름달이 훤하니 온 천지가 훤하네요
　달도 보이고 별도 보이고 돈도 잘 보이고 좋네
　지금 수풀로 가면 그 수풀도 잘 보일래나?
　저 수풀들을 다 베어내면 길이 날래나?
　내래 지금이라도 낫 하나 주면 저 꼴들 하루 만에 다 베
어낼 수 있는데

　그날도 오늘 같았지요
　정수 보내러 왔다가, 저놈의 달이 미쳤는지 대낮에 떠서
아재도 덩달아 미쳐설랑 군인들한테 달려들었잖아요
　나 좀 허락해 주소
　아니, 우리 애가 저 수풀에 신발을 두고 왔지 뭐요
　저승 가는데 맨발로 가면 발 아프지 않겠나
　나 좀 들여주소
　조기 같은데, 조기!

그렇게 아재가 그해 가을에 밤낮으로 군인들을 괴롭혔
잖아요
몹쓸 인간!

아재요, 내도 이젠 여기 오기가 벅차요
아재를 여기서 보내고 나만 기다리기 힘드요
병원서 요기로 데려다만 주면 바람을 타고 오든 비가
되어 오든 나 데리러 얼른 온다메요?
근데 왜 아직 안 와요? 나만 혼자 두고
가족 상봉 신청도 지치고 여기 DMZ 들어오는 것도 이
젠 지치요
나 이제 안 올랍니다
나 삐쳐서 안 올랍니다
저 노루 새끼 번쩍번쩍 뛰댕기는 거 부러워하는 거 안
할랍니다
저 새들 떼거지에 나 좀 끼워달라고 기도 안 할랍니다

아재요, 기냥 내를 기다리소
실은, 내도 곧 여기로 들어올 수 있을 거 같아요

내가 와서 아재 찾을게요, 기다리소

우리 다시 같이 있어요

같이 있읍시다

왕할멈

쌕쌕이가 떴다! 쌕쌕이가 떴어!
빨랑 솜이불 속에 숨어야 해!
왕할멈이 또 전쟁놀이를 한다
불도 켜지 말랜다
하늘에서 보인다고, 불 안 끈다고 화낸다
엄마가 이틀 동안 삭힌 식혜도 쏟고
이불 속에서 안 나온다
이사를 가던지 해야지, 비행기 소리 날 때마다 난리다

숨어, 숨어! 떼놈들이 떼거지로 와!
얼른 뒷산으로 가야 해!
왕할멈이 또 대피 훈련을 한다
남자 소리에는 꿈쩍도 말랜다, 잡아간다고
큰형처럼 끌려간다고, 조용하라고 화도 안 낸다
요양원 소독 날마다, 소방 점검 날마다
챙피해 죽겠다
근데 우리 할아버지는 잘도 받아준다, 왕할멈을

나 배고파, 나 밥 줘! 이것들이 나 하루 종일 굶겼어!

나 이번 달 내내 옥수수죽만 먹었어!
왕할멈이 할아버지를 보자마자 사기를 친다
분명히 아까도 김밥 먹었는데
과일도 먹고 과자도 먹었는데 거짓말을 한다
옛날에 먹던 감자떡이 먹고 싶다 해서
우리 할머니가 콩 박아서 반대기까지 해 왔는데
답답해서 못 참겠다, 눈물이 난다!

미안해요, 미안해요! 내가 아파서 미안해요!
이제 당신은 집에 가도 돼요
왕할멈이 할아버지한테 연기를 한다
안 그럴려고 하는데 마음대로 안 된다고 한다
그래서 미안하댄다
북에서 혼자 넘어온 자기 받아줘서 고맙다고,
이산가족 신청 안 하고 산 거 다 안다고 하네?
뭔 소리를 하는지 통 모르겠다
할아버지는 뭘 또 괜찮다고, 괜찮다고 하며 운다. 통 모
르겠다

어제 밤에 고향집에 다녀왔어요, 황해도 집에요
어머니랑 아버지도 만나고 왔어요
왕할멈이 허공에다 말한다
춘천서 국수 장사할 때 행복했다고
같이 살아줘서 고마웠다고 한다
딸랑 두 형제가 남에 내려와 당신도 고생 많았다며
이제 다 끝났다고 같이 가자고 한다
누구한테 말하는 건지, 무섭다

왕할멈, 그러지 마
나 무서워, 그러지 마

정말이야

엄마는
면보다 국물이 더 좋아,
정말이야
그러니 우리 아들 더 먹어

엄마는
터진 만두가 더 맛있어,
정말이야
그러니 우리 딸 더 먹어

엄마는
가시에 붙은 살이 더 좋아,
정말이야
그러니 우리 아들 더 먹어

엄마는
정말 배불러,
정말이야

3부

세상 살기 참 쉽소이만

고 씨孤氏

고 씨의 하루는
동녘 하늘이 아직 해를 품을 때부터이다
막내아들이 버린다던 양말을
억지로 제 발에 밀어 넣으면
얼마나 마음이 든든한지 모른다나?
하루 종일 함께 있는 느낌이랜다

고 씨의 몸매는
어릴 적 얻어먹지 못한 것을 티내느라
중학생 아들보다도 작다
아들이 버린다고 내놓은 가방을 메면
이 집 아비인지 아들인지 누가 알랴?
하긴 아비가 없음 아들이 이 집 아비지, 뭐

고 씨의 일터는
봉고를 가진 황보 씨가 정한다
들일을 할지, 공사장일을 갈지
크게 관심 없다
그냥 봉고에 얻어 탈 수만 있다면야

고 씨의 오늘은
뼈가 앙상한 채 삼 년을 버틴 재건축 공사장
가방 대신 모래시계를 메고 오르내리면
삐져나온 디스크도 허리와 다리를 오르내린다
이를 악물고 지게에 모래를 받고
숨을 쏟아내듯 모래를 쏟아내려 모래산을 쌓는다

그렇게 쌓인 고 씨의 시간은
아들의 가방을 다시 메면 잠시 쉰다
이제 아들과 함께 집에 갈 참이다, 기쁘다
해는 동쪽하늘 반대로 잘도 가는데
고 씨는 아침에 나왔던 데로 갈 참이다
반주로 삼을 소주 한 병을 품에 숨기고 갈 참이다

아담의 아들

아담의 첫 아들은 하늘이 두려웠다
하늘의 뜻은 절대적인 징벌이었고
하늘 아래 모든 자연이 하늘을 받들었기에
하늘이 두려웠다
그렇게 하늘의 노여움만 사지 않으려 애쓰며 살았다

아담의 둘째 아들은 하늘이 감사했다
하늘의 뜻은 변치 않는 사랑이었고
하늘 아래 모든 생명이 하늘을 우러렀기에
하늘이 그리웠다
그렇게 하늘의 사랑을 받으려 평생 애쓰며 살았다

아담의 셋째 아들은 하늘이 궁금했다
하늘의 뜻은 어디 숨었는지
하늘 아래 순리가 아무것도 이해되지 않았기에
하늘이 답답했다
그렇게 하늘의 뜻을 찾으려 평생 애쓰며 살았다

아담의 넷째 아들은 하늘이 의심스러웠다

하늘의 뜻이 있기나 한 건지
하늘 아래 모든 인간이 그저 순종만 하기에
하늘이 찜찜했다
그렇게 하늘의 뜻을 파헤치려 평생 애쓰며 살았다

아담의 다섯째 아들은 하늘을 이해했다.
하늘의 뜻을 풀이해 나누었으며
하늘 아래 모든 지식은 인간이 이해할 수 있는 것이었
기에
하늘이 우스웠다
그렇게 하늘의 뜻을 평생 난도질해댔다

아담의 여섯째 아들은 하늘이 없다 했다
하늘의 뜻은 예수와 함께 죽었으며
하늘 아래 모든 것은 필요에 따라 진리가 되고 거짓이
되었기에
하늘을 무시했다
그렇게 하늘의 뜻 같은 것은 태초에 없다 했다

아담의 일곱째 아들은 하늘이 그리웠다
하늘의 뜻은 여전히 어딘가에 있으며
하늘 아래 모든 것은 하늘을 그리워하다 마지막 날에야
깨우치기에
하늘이 있다 했다
아버지가 그리고 형들이 그랬던 것처럼

또 하루

오늘은 신이 주신 선물이라는 말은
거짓말이다

또 하루가 열렸다
신이 주신 형벌이 또 도착했다

오늘은 어제보다 더 무거워진 형벌이다

나 혼자 산다

나 혼자 산다
내 밴드는 40개나 되지만
외로울 때 만날 사람이 없다

나 혼자 산다
건네받은 명함이 100개, 인스타그램 맞팔이 500명이지만
도움이 필요할 때에 연락할 사람이 없다

나 혼자 산다
저장된 전화번호는 1,000개나 되지만
사고 났을 때에 전화할 사람이 없다

나는
나 혼자 산다

동정심에 하는 말이오만

아는 게 많아 참 힘드시겠소
그 어려운 걸 다 어째 배우고
그걸 또 복잡하게 다 헤아리고
나는 아는 게 없어
세상 살기 참 쉽소만

가진 게 많아 참 힘드시겠소
그 귀한 걸 다 어째 알고
그걸 또 힘들게 다 관리하고
나는 가진 게 없어
세상 살기 참 쉽소만

그리 사니 참 힘드시겠소
그것들을 다 거느리느라
그걸 또 지키느라
우짜요? 내가 도와 드릴 수도 없으니
세상 살기 참 그렇지요?

꿈

꿈을 그리는데 종이가 작아
꿈을 작게 그려야 해요
종이보다 크게 그리면
선생님한테 혼나요

꿈을 그리는데
색연필이 두 개뿐이라
아비처럼 살던지
어멈처럼 살아야 한대요

꿈을 그리는데
정말 꿈을 꾸면
난 바보래요
꿈은 없는 거래요

난 꿈꾸고 싶어요
내 꿈을
꾸고 싶어요
내 마음대로

문해력

당신이 무슨 말을 하는지 도저히 모르겠어
그런 단어가 있어?
난 그 단어 처음 들어
그렇게 어려운 말 처음 들어
당신이 대단해 보여
그게 무슨 말이에요?
미안해요, 무식해서

당신이 왜 그런 말을 하는지 진짜 모르겠어
그런 논리가 있어?
난 그런 논리 처음 들어
그렇게 말을 하다니
당신이 달리 보여
그게 무슨 말이에요?
미안해요, 머리가 나빠서

당신이 말하는 걸 통 모르겠어
어쨌든 미안해요

신고합니다

신고합니다
저기 저 할머니 아세요?
리어카 몰고 대로로 다니는 바람에
우리 아이 학원 늦을 뻔했어요
신고해요

신고합니다
저기 저 할아버지 보이세요?
키오스크 하지도 못하면서
우리가 얼마나 기다렸는지 몰라요
신고해요

신고합니다
저기 저 애기 엄마 있죠?
애 간수도 못하면서
애는 왜 달고 나와설랑
신고해요

신고합니다

또 뭐가 있었지?

중산층 시민

나는 자유롭게 태어났다!
내 아버지는 시민이고 내 어머니는 대중이다
나는 그 신분을 세습하였고
내 부모는 나에게 자유를 물려주었다
민주주의적인 자유보다 자본주의적 자유를 더 사랑한
내 부모 덕에
나는 우아한 시민으로 태어났다

나는 행복하게 자랐다!
헌법이 나의 행복권을 보장하고 재물이 지원했다
나는 그 계급을 세습하였고
내 부모는 나에게 특권을 물려주었다
민주적인 평등보다 자본주의적 기회 균등을 더 중히 여긴
내 부모 덕에
나는 고상한 시민으로 자랐다

나는 이 땅에서 산다!
자유주의가 내 자본의 이윤 활동을 보장한다 해서
민주주의가 모든 이들을 평등하게 대하는 줄 알았다

내 부모는 자본주의가 아름답다고 했다
자본에 휘둘려 우느라 말조차 못 하는
그런 너희들이
나와 같은 땅에 사는 줄 몰랐다

고백

나는 무식해서 글을 못 쓰겠다
대학을 나오지 않아 전문 지식이 없어
나는 글을 쓸 게 없다
입에서 나오는 대로 쓰면 된다고 하는데
나는 배운 게 욕밖에 없어
입에서 나오는 것은 세상에 대한 욕밖에 없어
나는 글을 쓸 수 없다

나는 무식해서 시를 못 쓰겠다
마음이 탁하고 세상에 기쁨이 없어
나는 시를 쓸 게 없다
눈에 보이는 대로 쓰면 된다고 하는데
나는 살아온 게 개 같아서
눈에 보이는 게 다 개 같아서
나는 시를 쓸 수 없다

나는 무식해서 노래를 못 하겠다
피아노를 배운 적이 없어서
나는 노래를 부를 수 없다

좋은 생각하면서 마음 편히 부르면 된다고 하는데
나는 그래 본 적이 없어서
내 마음은 생지옥이라
내가 느끼는 것은 지랄 같아서
나는 노래를 부를 수 없다

가재미

한쪽만 바라볼 수 있는 나는 외눈박이 같아
당신들이 오른쪽 왼쪽 살필 때
난 그러하지 못하지
그래서 늘 고민한다
저들은 어떻게 생겼을까?

뒤돌아볼 수 없는 나는 외골수인가 봐
당신들이 여기저기 살필 때
난 그러하지 못하지
그래서 늘 상상한다
세상은 어떻게 돌아가지?

다른 쪽을 보려면 나를 뒤집어야 한다
당신들은 이리저리 고개를 잘도 돌리지만
난 그러하지 못하지
그래서 늘 노력한다
보려 하는 노력을 그만둘까 봐

나는 알기 위해 아는 것을 의심해야 한다

당신들은 당연하다 여길 테지만
난 그러하지 못하지
그래서 난 의심한다
내가 알고 있는 게 알고 있는 것이 맞는지 말야

물음표

어렸을 적에 품고 있던 물음표는
호기심 천국이었다
왜 달은 나만 따라올까?
왜 그림자는 나를 따라하지?
물음표를 하나씩 그릴 때마다
나의 키는 커갔고
나의 꿈도 자랐다

어른이 되서 내뱉는 물음표는
상처투성이다
왜 나만 손해보지?
왜 나만 미워하지?
물음표를 하나씩 갈길 때마다
나의 상처는 깊어지고
나의 눈물은 쌓인다

개똥철학

개똥이도 아는 철학적 사실 하나!
아무도 진리를 모른다
그래서 개똥이는 무얼 알려고 하지 않아

개똥이도 실천하는 철학적 과제 하나!
너 자신을 알라
그래서 개똥이는 늘 꼴찌가 되려 해

개똥이가 제일 좋아하는 철학적 믿음 하나!
사람은 믿을 게 못 돼
그래서 개똥이는 멍멍이를 좋아해

개똥이만 모르는 철학적 명제 하나!
세상은 완벽하지 않다나?
그래도 개똥이는 행복해

알면 알수록 모르겠다

어리고 약한 사람들이 옹기종기 모여 살 적에 해가 매일 뜨고 지는 게 신기했다

씨족에서 제일루 오래 산 할매에게 물으니 태고 적부터 우리를 지켜준 신이라 했다

신은 우리와 늘 함께하니 신인 해가 우리를 사랑하듯 우리도 서로 사랑하라 했다

사람들이 더 많이 모여 사니 궁금한 게 많아져 달이 제 모습을 이랬다저랬다 하는 게 이상했다

부락에서 제일루 오래 산 할배에게 물으니 조상 때부터 우리를 먹여준 신이라 했다

신은 세상 모든 것을 내려다보니 신인 달이 우리를 지켜보듯 우리도 서로 지켜주라 했다

성씨가 다른 족속들이 마을에 모여 살 적에 똑똑한 놈하고 어리석은 놈이 나타났다

마을에서 제일루 존경받는 중늙은이한데 물으니 사람 사이에서 지식만큼 힘이 되는 게 없다 했다

사람들은 아는 만큼 살고 아는 대로 산다며 남보다 더

많이 지식을 쌓고 나누라 했다

　마을마다 싸움이 나서 성 안에 모여 숨어 살면서 높은
놈하고 낮은 놈이 나타났다
　성에서 제일루 목청이 큰 마님한테 물으니 사람을 움직
이는 데 재물만큼 좋은 게 없다 했다
　사람들은 손에 무언가를 쥐어주면 좋아한다며 남보다
더 많이 재물을 쌓고 절대 나누지 말라 했다

　모르는 사람들 틈에서도 아는 척하며 사는 지금, 신도
많고 사람도 많은 이 세상에서, 알면 알수록 아무 것도 모
르겠다

용 씨네 발버둥

용 씨네 딸이
엄마보다 행복하게 살려고 얼마나 발버둥을 쳤는데
이제 어찌 살아야 하지?
산지기 아버지가 술 먹는 게 그리 싫어
신협 다니는 동네 오빠와 연애했는데
신혼 한 달이 채 지나기 전에 알았다
직업만 다르지, 아버지와 같은 사람이라는 것을
용 씨네 딸은 오늘밤도 발버둥친다

용 씨네 아들이
아빠보다 성공하려고 얼마나 발버둥을 쳤는데
계속 이렇게 살아야 하나?
노가다 아버지를 무시하는 어머니가 원망스러웠지만
아내가 병원 다녀 먹고살다가
결혼 십 년이 지나니 알았다
저가 아버지와 같은 사람이라는 것을
용 씨네 아들은 오늘도 발버둥친다

합창

이레마다 합창하기 위해 한데 모이는 우리,
그간 어떤 목소리로 살아왔든지 간에
이제 나의 목소리를 내려놓고
우리의 노래 안에 나를 들여보낸다

나의 음정을 악보에 맞추고
나의 눈을 지휘봉에 보내고
나의 숨마저 우리 안에 보낸다

내가 사라져서 우리가 완벽해진다

핵교

주먹돌만 한 것들이 떼구루루 굴러온다
작은 것들도 머리를 맞대고 있으니 제법 시끄럽다
비탈길이라고 조심하라고 아무리 잔소리를 해대도
들은 체도 안 하고 매일 한꺼번에 굴러다닌다
하루 종일 공부만 했는데 저리도 힘이 남아돌까?
신기한 것들, 대견도 하지!
저것들이 없으면 온 천지가 조용할 텐데
아니지, 저것들이 없으면 내도 무슨 낙으로 살어?

슈퍼집 손녀가 아까 준 사탕, 어디에 넣었더라?
선생님이 준 사탕이라고 자랑하더니
즈그 집에 많다고 강제로 하나 주고 갔는데, 어딨지?
요깄네, 요기. 조그마한 게 요깄네. 요기!
노랜 차가 아까 나갔고
이제 쌍둥이네 뚱뚱한 것들도 나갔으니 다 간 걸까?
그럼 이제 내도 집에 가야겠지?

이제, 집에 가야겠네. 저것들이 다 핵교서 나갔으니
그치? 내도 나가야겠지?

느그들이 핵교서 나가면 내도 핵교서 나가야지

그치, 나도 가야지?
느그들이 핵교서 다 가버리면
다 가야겠지

강원도 감자

그래, 나 감자야!
나, 감자라구
우리 가문이 이래봬도
역사를 거슬러 올라가믄
해외에서 물 건너온 가문이야~.
무시하지 말어!

그렇다고 우리 감자를
굴러온 돌 취급하믄 서운하지!
우리 가문이 이 땅에 뿌리박은 지가
언제인지 아셔?
이래봬도 조선 시대부터
이 땅에 뿌리박고 살았어!

우리 집안이 어떤 가문인지 아셔?
댁들 다아 우리 가문이 먹여 살렸어
가뭄이다 뭐다 할 때 뭐 먹었어?
전쟁통에 뭐 먹었어?
우리 아니었음 댁들 다 역사고 뭐고 없었어

우리 집안이 명망 깊은 구황救荒 작물 가문이야!

뭐? 강원도 감자?
하~! 그래 나 강원도 촌놈이야!
그게 어때서?
내가 냄새가 나?
내가 가시가 있어?
난 그냥 촌스러울 뿐이야

내가 어떤 감자인데?
내가 얼마나 정직한 강원도 감자인데!
그저 하늘에서 준 물 그대로 받아먹고
땅이 품어준 만큼
딱 그대로 자란 거지
내가 이렇게 정직한 놈이야!

나, 감자야
강원도 감자라고!
나만 한 감자 있음 나와 봐

나, 강원도 감자야!

인간다운 삶과 자유 의지 그리고 자기 개혁

윤금자

송곡대학교 책임교수

1

　김경희 시인의 첫 시집 『우리 집에는 구신이 산다』에서 시인은 인간다운 삶과 자유 의지 그리고 자기 개혁이 무엇인지 살펴볼 수 있는 시들을 엮어내었다. 시집 속의 시들은 토속적인 정감이 깃든 시어가 많아 '옛날이야기' 같기도 하고, '동시' 같기도 하지만, 내용이 알차고 깊다. 『우리 집에는 구신이 산다』에는 시공간적으로 회귀적인 정감을 일으키는 시들이 많다. 시인은 복잡하게 돌아가는 현대의 메커니즘 속에 머물러만 있을 수 없었다. 시인은 현재의 공간에 서 있지만 내면적으로 어린 시절의 고향, 과거의 공간으로 회귀하여 그 닫힌 공간을 새로운 이야기가 피어날 수 있는 공간으로 열어주었고, 토속적인 언어로 그 공간에 새 숨을 불어넣어주었다. 현재의 문명화된 공간에서 시인은 독특한 예지로 역사를 투시하고 희미해져가는 역사 속 인물들의 삶을 끊임없이 상상하고 그 상상이 여물어졌을 때 시로 표현했다.

시인이 그려내는 과거의 공간은 경험이 녹아 있는 친숙한 공간으로 어딘가 우리 모두의 내부에 저장되어 있던 기억을 아련하게 일깨운다. 시인은 현재에서 과거로 그리고 다시 현재로의 시간을 넘나들면서 사회적 약자와 차별받은 여성들의 삶의 모습과 그들의 마음 상태를 살폈다. 나와는 다른 사람들의 삶의 영역을 세심하게 살피고 어루만져 그들과 하나가 될 때까지 의문을 제시하면서 이해의 영역을 넓혀, 나의 마음을 보듯이 그들의 마음을 보았기에 그들의 아픔을 그냥 그들의 운명으로 낙인찍지 못했을 것이다. 시인의 깊은 사색과 상상력은 과학적, 이성적인 사고만으로는 헤아리기 불가능한 인간의 정서적인 면을 토속적인 시어를 매개로 인간 심중의 깊은 틈새 사이사이로 파고들어 그녀만의 기법으로 표출하였다.

김경희 시인의 시는 독자들에게 먼 과거의 사실을 현재의 시각으로 재구성할 수 있는 계기를 만들어준다. 시공간적 거리는 멀리 떨어져 있지만 정서적·공감적 거리는 서로의 숨결을 느낄 수 있는 '품안 길'이다. 시 속에서 형성된 공간감과 정서적 거리는 독자들의 상상의 의미를 확

장시켜 수십 년 전 사람들의 삶의 고단함과 개인적인 슬픔을 공감하게 한다. 또한 독자들의 공감이 사회와 국가 차원의 공감력으로 확산되어 오늘날 우리들의 삶의 질을 향상시킬 수 있는 발판의 계기가 될 수 있기를 희망한다. 과거 여성들의 아픔을 과거의 일로 그저 지나칠 수 없는 것은 오늘날에도 많은 여성들이 자기가 원하는 삶을 자기답게 살지 못하고 있기 때문이다. 시인의 한 편 한 편의 시는 역사 속의 여성들과 오늘날의 여성 사이의 교감과 결속을 보여주는 소통의 통로가 되고, 현대를 사는 우리들에게 보다 지혜롭게 잘 살아가야겠다는 각성과 의지를 북돋워준다.

시인은 현실의 어려움을 극복하고 자기다운 삶을 자유롭게 살기 위해 무엇보다 '자기의식(자기 인식)'이 선행되어야 한다고 보았다. 자신의 내면을 제대로 직시해야 자신이 원하는 방향으로 자신을 새롭게 형성할 수 있는 개혁 의지가 생겨나기 때문이다. 시인은 자신을 사랑하며 삶을 의미 있게 만들어 나가는 것은 자신을 소중하게 여기는 길이며, 모든 생명체를 사랑할 수 있는 길이라고 보았다. 시인의 시에 함축되어 있는 핵심은 최선을 다해 진선미의 삶을 영위하려는 사람의 마음은 아름다움, 진리, 사랑과 일체가 된다는 것이다.

인간은 누구나 다른 사람들로부터 존중받기를 원하고, 자신이 소망하는 자기다운 삶을 영위하기를 갈망한다. 그런데 현실은 늘 다른 사람들의 눈치를 보아야 하며, 자신의 삶이 만족스럽지 못해 씁쓸함을 느낀다. 때때로 인간은 보다 좋은 삶으로 나아가는 길목에서 너무 외롭고 힘들어 누군가에게 기대고 싶어진다. 인간은 사랑하고 사랑받아야 활기차게 살 수 있는 존재이다. 시집 『우리 집에는 구신이 산다』에는 사랑을 간구하는 사람들의 목소리가 애절하게 들린다. 해설 2절에서 자기의식과 자기 사랑, 3절에서 가족과 부모의 사랑, 4절에서 모든 생명체를 포용하는 사랑을 그려보았다.

2

인간은 누구나 자신의 존재감에 자긍심을 갖고 의미 있는 삶을 살기를 원한다. 김경희 시인의 시는 인간을 대상화하고 비인간화하는 냉혹한 사회 현상과 잔인한 사람들의 실상을 보여준다. 시인은 인간 정신의 자주성을 강조하여 인간이 인간 그 자체로 평가받고 인간답게 살아갈 수 있는 길을 모색하기 위해 우선 과거 우리나라 사람들이 겪어야만 했던 모진 고통과 그들이 자신의 존재 가치를 인정받기 위해 어떻게 고난을 극복했는지 그 과정을 눈물겹게 그려내었다.

은희는 집을 나오면서부터 울었다
전라도 시골집에 보부상 내외가 온 다음 날,
생전 처음 보는 그네들을 따라나섰던
그 밤부터 은희는 울었다
강원도 어딘가에 마땅한 임자 있음 판다고,
다들 그렇게 시집간다고

(…중략…)

은희는 동창에서 살림하면서부터 안 울었다
시엄니가 때려도 안 울었고
동네 사람들이 뒤에서 흉을 보아도
그 밤에 신랑이 때려도 안 울었다
강원도에서 전라도 가는 길을 몰랐고,
다들 그렇게 참고 산다고
─「은희의 사부곡」부분

시인은 「은희의 사부곡」에서 수십 년 전 우리나라에서
여성에게 자행되었던 비인간적인 끔찍한 일을 폭로하였
다. 여성이 인간적으로나 사회적으로나 독립적 자아로 인
정받지 못하던 폐쇄적인 규범과 가부장적인 가족제도 하

에서 겪어야 하는 참혹상은 "마땅한 임자 있음 판다고/ 다들 그렇게 시집간다"는, 아버지가 딸을 팔아먹는 대목에서 최고조에 이른다. 은희는 부모와 학교 친구들을 떠나 강원도에 들어서면서 무서워 소리도 질러보고 몸태질도 했을 것이다. 그러나 고향으로부터 내몰린 은희는 낯선 남자와 살아야 했다. 시인은 인간이 자신이 원하지 않는 비본질적인 삶을 영위하는 것이 얼마나 비참한 것인지 은희의 시집살이를 통해서 보여주었다. 은희의 시집살이는 고단했다. 시엄니와 신랑이 은희를 때리고 소리 질러도 은희는 울지 않았다. 이제는 욕먹는 것, 매 맞는 것에 익숙해져 이 모든 것을 운명으로 받아들이고 울음조차 참아낸다. 어쩌면 익숙해진 불행에서 빠져나가봤자 또 다른 불행이 도래할지도 모른다는 두려움이 있었을 것이다.

과거 여성들의 생활상을 살필 수 있는 「달래야」에서 "7남매 중 맏딸은 나 낳기도 전에 식당 집에 팔아먹었댔나?", 「이 씨네 막내딸」에서 "이 씨네 막내딸은 식모/ 오빠들 시내에서 고등학교 공부하는 동안/ 빨래나 해주며 밥값하는 밥순이지", 「꼭지」에서 "3대 독자의 막내딸인 나는 우리 집에서 엄마의 죄다/ 맨날 부엌에 쪼그려 앉아 있는 엄마의 마지막 죄다/ 그 증거는 내 이름이다/ 후남이의 막냇동생, 꼭지/ 필남이의 아랫동생, 꼭지"에서 여성들에게 자행된 비인간적인 행태에 몸서리쳐지게 된다. 마음은 밟히면서 여물어간다고 하지만 세상에 밟히는 것이 얼마나 소름끼쳤을까? 상처투성이의 삶의 질곡을 감싸 안고 현실을 초극하려고 버둥거렸을 여성들에게 다가가 고통스런 삶을 어떻게 참아낼 수 있었냐고 물어보게 된다.

가족을 감싸 안고 가족을 위해 일을 하는 것은 의미 있는 일이다. 그러나 가족에 묻혀 '내가 없는 삶'은 허망하다. 그러므로 아내와 어머니로서의 의무와 나 자신만의 삶에 대한 갈망 사이의 갈등은 여성을 지치게 한다. 무엇보다 이제 가족에 파묻혀 사는 생활 방식에 익숙해져 그 방식에서 빠져나가봤자 별다른 새로운 삶을 구상할 엄두를 내지 못한다. 새로운 삶을 구상하려고 해도 더욱 혼란스러운 삶이 도래할지 모른다는 두려움 때문에 주저하게 되는 것이 여성의 한계 상황이다. 남편과 자식들을 위해서라면 나의 삶에 대한 열망은 내려놓아야 한다는 사고방식과 남편과 자식이 우선이라는 오랜 세월동안 이어온 한국 사회의 편견은 여성들에게 자신들의 내적 열정을 지펴내는 데 주저하게 만든다.

내 혼자 골방에 갇혀
피를 하나하나 기계 아가리에 넣는다
박자를 놓칠세라 고개 한 번 못 돌리고
입으로만 아새끼를 키웠다
고개 한 번 못 돌리고

한 올 한 올에 내 한숨을 넣다 보니
한 줄 한 줄 왕골이 커져간다
그리고
한 살 한 살 내 나이도 쌓여간다
　　—「왕골」 부분

　나의 존재 자체가 힘겨워 스스로 피하고 외면해도 끝없이 따라붙는 존재의 아픔과 고통은 자신이 보듬어야 할 자기 존재의 몫이다. 시「왕골」에서 한숨과 눈물이 삶을 버티어내는 힘이라니 정말 기가 막히는 운명이다. 몰인정한 남편 때문에 뒤틀려져 있는 마음, 시엄니 때문에 눈물 맺혀 있는 마음을 어디에다 풀어야 할지 몰라 한숨을 크게 내쉰다. 큰 숨 한번 쉼으로써 마음에 맺힌 것을 삭히어 풀어내야 했다.
　살다 보면 숨 막히는 시간의 둘레에 갇혀버려 가슴이 답답하게 오그라드는 날들이 있다. 그러나 화자의 생각과 시간은 정체되어 있지 않다. 시간이 흐르고 생각이 깊어지면서 시간과 생각의 사이마다 화자의 의지가 스미면서 간밤의 한숨과 눈물이 삶을 버티어내는 의지로 작용하게 된다. 한숨은 한 줌의 생각을 자아내고, 눈물 한 방울은 생각 한 방울을 자아낸다. 화자는 왕골을 짜면서 마음에 맺힌 것을 삭히어내야 한다. 생의 극기와 절제로 고통을 맺히게 하지 않고 풀려나게 해야 꼴도 보기 싫은 남편과 살 수 있기 때문이다.

사람들은 여러 가지 이유로 자신이 원하지 않는 비본질적인 삶을 영위하며 공허하게 살고 있다. 잘 산다는 것은 고유한 자기의 본성에 맞게 사는 것이다. 내 존재의 자율성과 존엄성을 지키며 살 수 있는 것은 올바른 자기의식(자기 인식)과 자유 의지에 달려 있다. 어떤 결정과 행위에 대하여 책임을 질 수 있으려면 그 결정과 행위가 '나의 것'이라는 자기의식이 있어야 한다. 자기의식은 자신의 존재에 대해 염려하고 자신의 고유한 존재 가능으로 나아가게 해주는 본질이다. 우리는 '나 자신을 나답게' 지탱해주는 근원적인 것이 무엇인지 묻고 생각하는 습관에 의해 우리 자신의 가장 고유한 자기다움과 마주하게 된다.

나는 알기 위해 아는 것을 의심해야 한다
당신들은 당연하다 여길 테지만
난 그러하지 못하지
그래서 난 의심한다
내가 알고 있는 게 알고 있는 것이 맞는지 말야
— 「가재미」 부분

117

「가재미」에서 살펴볼 수 있듯이, 우리는 주어진 삶 속에서 나날이 새로워지는 삶을 희구하기 때문에 의심하고 깊이 생각한다. 인간의 존엄성은 가치 있는 생각에서 비롯된다. 생각이 우리의 행동을 결정하고, 우리의 행동은 우리의 삶의 전반적인 것을 결정한다. 그러므로 우리는 '좋은 생각', 즉 변화를 도모하는 생각, 창의적인 생각, 개혁적인 생각으로 자신의 삶을 이끌어야 한다. 누구나 인정하는 좋은 생각에서 쌓인 삶의 지혜는 우리의 삶을 우리가 원하는 대로 충족시키며 살 수 있게 해주는 자산이 된다. 「문해력」에서 "당신이 무슨 말을 하는지 도저히 모르겠어/ 그런 단어가 있어?/ 난 그 단어 처음 들어/ 그렇게 어려운 말 처음 들어/ 당신이 대단해 보여/ 그게 무슨 말이에요?/ 미안해요, 무식해서"라며 자신의 부족함을 토로하며 자신의 부족함을 메울 수 있는 깨달음의 길을 모색한다. 「문해력」의 화자처럼 해득하기 어려운 진리의 불확실한 통로에서 한숨 한번 쉬며 고뇌하는 아픔을 겪어야 응축된 진리의 결이 보이기 시작한다. 「고백」에서 화자는 "나는 무식해서 글을 못 쓰겠다/ 대학을 나오지 않아 전문 지식이 없어/ 나는 글을 쓸 게 없다"라고 고백하면서 자기 나름의 깨우침을 향한 실존적 노력을 기울이게 된다.

「가재미」, 「문해력」, 「고백」은 자신의 무지를 깨닫고 자신이 원하는 삶을 향한 의지를 촉발시키는 자기의식, 즉 자아 성찰을 보여준다. 내 존재의 의미를 찾고, 진리를 간구하고 생명의 깊이를 터득하면서 우리는 평범한 사물과 인간과 세계를 새로운 시선으로 마주하게 된다. 우리는 애써서 새롭게 마주하게 되는 모든 존재의 면모를 살피면서 모든 존재는 나와 마찬가지로 소중한 존재임을 인식하게 된다.

진리를 추구하는 목적은 세속적인 물질과 지위를 얻기 위한 것이 아니라 보다 올바르게 살기 위해서이다. 올바른 삶을 영위하기 위해서는 무엇보다 우리가 이루기를 소망하는 삶으로 나아가야 한다. 인간은 꿈이든, 배움이든, 이성에 대한 사랑이든 늘 무엇인가에 이끌리어 살아간다. 이러한 이끌림은 바로 우리 자신의 내면에서 나에게 요구하는 바람이며, 우리의 삶을 바람직하게 지탱하는 원동력으로 작용한다. 이러한 이끌림이 없다면 삶은 무덤덤하고 삭막해져갈 것이다. 자기의식을 통해 자신의 내면에 내재해 있는 잠재 능력과 감성 그리고 이루고 싶은 꿈이 무엇인지 살피게 된다. 우리 내면에 내재해 있는 잠재 능력, 감성, 꿈을 일구어내는 일은 자신을 사랑하는 힘과 닿아 있다. 우리는 일상생활 속에서 스스로 한계지우며 회피했던 내 존재의 몫을 자각하고 자신의 잠재 능력을 개발시켜야 한다는 생각과 마주하면서 생의 탄력성이 고조된다.

시인은 우리 인간은 각자의 고유한 특성, 즉 잠재 능력을 잘 발휘하면서 삶을 살아갈 때 행복하다고 느낀다. 행복은 저절로 이루어지는 것이 아니라, 우리가 '이루는 것'이라고 생각한다. 시인의 여러 편의 시 속에서 사람들은 새로운 차원의 삶으로 개혁하려는 의지를 배움을 통해 이루려는 것을 살펴볼 수 있다.

앎에 관해 호기심을 충족시킬 수 있는 배움의 공간 학교에 가고 싶은 욕구는 누구에게나 주어져야 할 인간의 보편적 욕구이다. 이러한 앎을 향한 기본 욕구가 과거 우리나라 여성들에게는 억압되었다. 배우지 않아도 시집가서 아이 낳고 살면 된다는 야만적인 사회적 분위기와 지독할 정도로 가난한 집안 형편으로 여성들은 모진 어려움을 감내해야만 학교에 갈 수 있었다. 「직녀의 꿈」에서 화자는 "나만 기집애라고 핵교 안 보냈지?/ 흥! 돈 모아서 내 꼭 핵교 갈 끼다/ 두고 봐라"라고 말하며 의지를 굳힌다. 화자가 지금 일을 하는 것도 오직 학교에 갈 돈을 마련하기 위해서이다. 시 「순녀」에는 사계절 내내 학교를 향한 순녀의 희망과 의지가 눈물겹도록 간절하고 절박하게 표현되어 있다. 화사한 봄볕 닮은 철쭉이 순녀의 마음을 덥석 잡아 학교로 내달리게 한다. 모두들 봄볕을 맞으며 들로 산으로 신나게 놀러 다닐 생각을 할 때 순녀는 가장 아끼는 옷, "흰 저고리 곱게 다려 입고" 학교에 다닐 희망에 부풀어 있다. 여름 홍수 거친 물살에 학교로 가는 통나무 다리가 떠내려갔어도 순녀는 개울 건너 "학교에 안 빠지리라" 굳게 마음을 다진다. 순녀는 월납금을 마련하기 위해 새벽부터 뽕을 따고 꼴을 베면서 몸은 지쳐가지만, 밤을 하얗게 새어서라도 "한글 책을 띠고 말리라" 다짐하는 마음은 지칠 줄 몰랐고, 한글을 띠겠다는 신념은 더욱 여물어간다. 순녀에게 학교는 불안하고 각박한 현실 속에서 가장 포근한 힘을 주는 희망과 행복의 공간이었다.

시인은 「수양」에서 인간은 자신의 꿈을 이루면서 '자기답게 사는 것'이 무엇인지 보여준다. 「수양」에서 작은아들은 "아버지,/ 나도 공부시켜주소!/ 왜 형만 공부시키나?/ 형은 책 보고 나는 김매고,/ 싫소!"// 아버지,/ 나 집 나가요!/ 읍내 박 선생님네 수양 갈라요/ 그 집 아들 과외해주면/ 나 학교 보내준다요"라고 자신의 불만을 터뜨리는 동시에 자신의 의지를 드러낸다. 작은아들은 그동안 밭에서 김을 매면서 자신이 원하는 삶과는 완전히 다른 삶의 형태에 회의를 느끼며 자신의 미래의 삶에 대해 많은 생각을 했을 것이다. 작은아들은 혼자서 아무리 생각해도 미래의 삶을 개척할 자신감이 생기지 않았을 때 불안감이 휩싸여 외로웠을 것이다. 고독은 자신의 실존을 더욱 탄탄하게 빚어내는 원동력이 될 수 있다. 자기 존재가 소망하는 삶의 의미와 가치를 진지하게 생각할 때, 삶의 목표가 정해지고 그 목표를 이루려는 의지가 생기게 된다. 「수양」에서 우리에게 주는 교훈은 새로운 삶을 원한다면 마치 연금술사들이 허접한 금속을 태우고 녹이고 굳히는 여러 과정을 통해 값진 금속으로 변화시키듯이 우리 자신의 비본질적인 요소를 떼어내고 정신적으로 새로운 것, 자기다운 것으로 채워나가야 한다는 것이다.

인간은 가슴을 옥죄이는 현실이 아무리 힘겨워도 간절히 갈망하는 꿈이 있다면 인간답게 살 수 있다. 「꿈」에서 "난 꿈꾸고 싶어요/ 내 꿈을/ 꾸고 싶어요/ 내 마음대로" 라며 화자는 자기 마음대로 자유롭게 삶을 구성하고 싶어 한다. 이루고 싶었지만 이루지 못한 꿈과 희망 그리고 사랑은 세월이 흘러도 각 존재의 일부가 되어 그의 안에 똬리를 틀고 있다. 가슴 밑바닥에 웅크리고 있는 그 꿈, 그 사랑이 그의 존재에게 생기를 주는 원동력이 된다. 이러한 꿈들은 가끔 기척도 없이 마음에 다가와 숨결처럼 맴돌면서 마음을 소용돌이치게 할 때 우리는 그 꿈, 그 사랑에 불타고 싶은 욕망으로 흥분하게 된다.

「리어카」에서 자유를 갈망하는 화자의 심중을 느낄 수 있다. "담배 연기 몽글해지는 틈을 타/ 너른 들판 달리는 꿈을 누려본다/ 늙은 주인이 채운 이 쇠사슬만 아니었음/ 꿈같이 달려보련만" 화자는 담배 한 대 물고, 자신이 원하는 삶을 그려보며 한순간 '너른 들판 달리는 꿈'을 그려본다. 한순간의 꿈을 그려보는 것만으로도 가슴에 배어 있는 인생의 실패와 좌절의 쓰라린 경험을 쓰다듬어 잠시나마 그 아픔을 씻어낼 수 있다.

이렇게 좁은 세상에 갇혀

허리 한 번 못 편 채 있게 될 줄 몰랐다

빳빳이 고개를 쳐들어 하늘을 볼 수가 없다

푸른 하늘 보며 숨을 들이쉬고

마음대로 바다를 헤엄쳐 다니려던

내 큰 꿈은 어디로 갔나

(…중략…)

다시 하늘이 보고 싶다

　—「새우젓」부분

　시인은 사회적 약자들의 사소한 움직임과 꿈틀거림마저 끈질기게 바라보며 그들이 꿈꾸는 세상을 상상한다. 사람의 가슴 안에는 살아온 세월만큼의 무게와 고통이 배어 있을 뿐만 아니라 고운 추억과 희망적인 꿈이 배어 있다. 시「새우젓」에서 화자는 늘 허리를 구부리고 토굴 속에서 일을 하는 노동자인 것 같다. 한때 화자는 희망찬 꿈을 갖고 생활했을 것이다. 그러나 화자의 꿈은 생의 거칠고 어두운 굽이를 돌며 치이고 닳아 점점 사그라지면서 삶의 열정도 동시에 사그라지게 된다. 화자는 좌절감과

무력감으로 한숨짓지만, 화자는 다시 의지를 다져본다. 살아 있는 한 우리는 나의 존재를 그냥 방치할 수가 없다. 의지를 다지지 않고는 숨을 쉴 수 없기 때문이다. 화자의 "다시 하늘이 보고 싶다"라는 말은 마음에 푹 젖어 있는 부르짖음이다.

3

우리에게 현실적 어려움에서 벗어날 수 있는 힘을 주며, 언제나 우리의 정신을 감싸 안고 위안을 주는 정신적인 지주는 가족이다. 세월의 흐름 속에서 가족과 쌓은 추억들이 마음 안에 소중한 경전처럼 물들어 있다. 특히 부모님이 생존해 계시지 않아도 부모님은 언제나 마음속에 존재하고 있다. 삶의 좌절감에 어둑한 길에서 혼자 방황하고 있을 때 부모님은 내 안에서 밀치고 나와 나를 위로해주며 새 삶의 결을 이어준다. 「명이」에서 "언젠가는 명이를 따다가/ 친엄마를 만날 거라 희망을 갖고/ 명이는 오늘도 산에 든다"라는 구절은 자식에게 친엄마의 존재는 생명과도 같다는 것을 느끼게 해준다. 자식들에게 존재의 정체성을 켜켜이 지켜낼 수 있는 힘을 주는 부모님의 사랑은 나무의 생명성을 통해 설명할 수 있다. 나무에서 가장 연륜이 긴 나무의 중심체는 생명 현상에는 관여

하지 못하지만 나무를 꼿꼿하게 세워주며 새로 태어나서 자라나고 있는 새끼들에게 생명의 길을 안내해준다. 부분을 살리기 위해 전체가 합심하는 부분과 전체의 필연적인 관계, 유기체적인 조직체 나무의 생명력은 우리 부모님과 가족을 연상시킨다.

시인의 시에는 가난했던 시기의 아버지의 가족 사랑과 애환을 느낄 수 있는 시들이 많다. 어린 시절 아버지로부터 받은 포근한 사랑과 그리운 이미지로 떠오르는 추억은 과거의 경험이면서 동시에 각박한 현실에서 고뇌하는 자식의 마음을 어루만져주는 따뜻한 힘이 된다. 아버지는 언제나 자식의 존재감을 세워주는 역할을 하고 있다. 살아가면서 어딘가에서 사람들에게 무시를 당하고 시무룩해져 있을 때 아버지에게 받았던 사랑의 추억을 떠올리면, 시무룩한 감정은 정화되고 마음의 상처가 치유된다. 우리가 살고 있는 현재의 시간 안에는 과거 어린 시절 가장 큰 존재인 아버지가 가족을 먹여 살리기 위해 어깻죽지에 무거운 짐을 지고도 묵묵히 걸었던 그 시간이 깃들어 있어, 우리가 살아 있는 한 아버지의 존재는 언제나 우리와 함께할 것 같다.

아버지가 가진 첫 이름은 고아였대

영귀미면에 처음 왔을 때부터

남들이 처음 붙여준 이름이랜다

아버지의 두 번째 이름은 머슴이었대
하루하루 남의 집 일을 도와주고 삯을 받았지
코딱지만 한 땅도 없어 품을 팔았더랜다

아버지의 세 번째 이름은 짱개였대
그리도 예쁘고 착한 누이가 아기를 낳고서는
그리도 두들겨 팼더랜다, 매일
읍내로 도망쳐 짱개집 배달을 했는데
거기서도 주방장한테 매일 맞았더랜다

그 많은 이름 중에서도 아버지란 이름이 제일 좋았댄다
양쪽에서 불러대는 소리에 정신이 없어도 좋았더랜다
아버지가!

아버지의 마지막 이름은 할아버지다
이제 남은 이름 하나, 할아버지
요양원 노인들 모두 평등하게 가진 이름이지,
할아버지
치매 걸린 할아버지
— 「아버지의 이름」 전문

「아버지의 이름」에서 아버지는 자신의 뿌리조차 알지 못한 채, 이 세상에 내던져진 존재이다. "아버지가 가진 첫 이름은 고아였대", "아버지의 두 번째 이름은 머슴이었대", "아버지의 세 번째 이름은 짱개였대"에서 살필 수 있듯이, 아버지는 살기 위해 거친 세상에서 어떤 일이든 해야 했다. 사람들에게 매를 맞고 무시당하면서 살아온 아버지는 감정마저 무디어져 자식들에게 거리감마저 느껴질 정도로 늘 무표정한 모습으로 애정 표현을 하지 못했다. 그런데 이런 아버지에게 가장 좋았던 이름은 '아버지'라는 이름이다. 자식들이 "양쪽에서 불러대는 소리에 정신이 없어도 좋았"던 아버지이다. 그런 아버지가 치매 걸린 할아버지가 되었다. 세월의 모진 풍파로 이제 온몸에 병이 들어 가정 경제에 조금의 힘도 보태지 못하지만, 아버지는 그 존재 자체만으로도 자식들에게는 힘을 주고 있다. 자식들은 치매가 걸려 정신이 멍해진 병약해진 아버지를 바라보면서 그때서야 비로소 아버지가 가족을 위해 얼마나 가슴 가득히 상처를 품고 살았는지 헤아리게 된다. 시인은 「아버지의 이름」에서 아버지는 병약하든 치매가 걸렸든 언제나 가족의 중심체로서 가계를 면면히 잘 이어나가게 해주는 정신적인 힘이라는 것을 보여주고 있다.

고 씨의 하루는

동녘 하늘이 아직 해를 품을 때부터이다

막내아들이 버린다던 양말을

억지로 제 발에 밀어 넣으면

얼마나 마음이 든든한지 모른다나?

하루 종일 함께 있는 느낌이랜다

―「고 씨孤氏」 부분

「고 씨孤氏」에서 가족은 현실적인 삶의 어려움과 초라함을 포근한 마음으로 어루만져주는 품안 같은 곳이라는 생각이 든다. 어려웠던 시기에 부모님은 자식들에게 제대로 먹이고 입히지 못하는 안타까움으로 늘 아픔을 품고 가슴앓이를 하며 살았다. 가장으로서의 아버지는 힘겨운 책임감을 홀로 감당해야 하기에 아버지는 늘 외로웠다. 제대로 배운 것이 없다 보니 막노동판에 나가서 남의 지시를 받으며 온종일 일할 수밖에 없는 존재감 없는 초라한 아버지이다. 이렇게 외로운 인생길에서 아버지는 자식이 있었기에 살아갈 힘을 얻게 된다. 막내아들의 양말을 신고 "얼마나 마음이 든든한지 모른다나?"라는 글귀에서 아버지의 주름진 입매가 올라가는 모습을 떠올리게 된다.

우리가 민 씨네 집성촌에서 이사 나온 날

첫 번째 월세방 얻었다고 아버지가

다음날 괴기 사 왔었잖아요

근데 이사한 날 어무이가 울었잖아요

그리 서럽게 우는 거 처음 봤어요

아들 필요 없다고, 나만 있으면 된다고

아부지가 술주정해서

민 씨네 문중 땅에서 쫓겨나고

아부지 친구네 회사 상사님네 집에 이사 온 그날,

어무이가 울었잖아요

— 「딸 부잣집」 부분

「딸 부잣집」에서 아부지의 사랑은 살아가는 내내 자식들의 존재감을 곧게 세워주는 생명 그 자체라는 것을 보여준다. 「딸 부잣집」에서 딸은 "아부지는 나, 딸 하나만 있음 되는 거 맞지요?"라며 든든한 아버지를 믿고 마냥 골목에서 뛰어 다니며 구김 없이 밝다. 이렇게 어린 딸이 마냥 밝게 성장할 수 있는 배후에는 아버지라는 묵중한 존재의 무게가 버팀목으로 작용하기 때문이다. 시시각각으로 아버지이기 때문에 고통과 위협을 감수하면서도 가족을 보호해야 하는 삶의 고뇌가 아버지의 숨을 죄어오곤 한다. 가난이 지긋지긋하다고 울부짖는 가족 앞에서 통곡이라도 하며 울고 싶지만 눈물마저 마음대로 흘릴 수 없는 숨 막히는 아버지의 고뇌는 「딸 부잣집」에서 급기야 술주정으로 분통을 터뜨린다. 아들이 없으면 친족 구성체의 당당한 일원으로 행세하기 어려운 전통적인 사회제도 하에서 친족들은 아버지에게 새색시를 얻어서라도 아들을 얻으라고 으름장을 놓았을 것이다.

끈끈한 혈연관계로 이어진 "민 씨네 문중 땅에서 쫓겨나고" 아부지의 심정은 근본도 없는 자식이 된 듯 공허하다. 문중에서 쫓겨난 아부지는 세상에 내던져진 채 어디에 가서 붙잡고 자신의 좌절과 슬픔을 토로할 대상이 없는 외로운 존재라는 또 하나의 상처가 가슴에 새겨진다. 문중 땅에서 쫓겨났으니 월세방으로 이사해야 하는 참담한 현실은 아부지의 자존감을 땅에 떨어지게 만든다. 자존감은 땅바닥에 떨어졌지만, 아부지에게 자존감의 상실은 근엄한 존재로 인식되어온 가족에게 드러내서는 안 되기에 애써 감춰야 하는 상처이다. 아부지는 참담한 현실을 훨훨 벗어던지고 싶지만, 감상 따위에 젖어 있을 수 없다.

남의 집에서 더부살이를 해야 하는 신세를 한탄하듯 아내(어무이)는 서럽게 울지만, 아부지는 말없이 가족을 어루만져주기 위해 애쓰는 마음을 딸의 이야기를 통해 알 수 있다. "첫 번째 월세방 얻었다고 아부지가/ 다음날 괴기를 사 왔었잖아요", "이사 온 첫날,/ 어무이랑 나는 난생처음 짜장면 먹고/ …/ 너무 좋았어요." 애틋한 가족 사랑을 제대로 표현하지 못하고 애써 감춰야 하는 아부지의 상처를 아는 듯이 딸내미는 다부지게 이야기한다. "어무이도 머 물 길러 안 나가도 된다고/ 수돗물로 마당에서 **빨래한다고/ 이제는 좋대요**" 그리고 딸은 "아부지는 나, 딸 하나만 있음 되는 거 맞지요?"라며 아부지가 아들 따위에 연연하지 않고 자신을 자랑스럽게 생각하고 있는 것을 확인하고 싶어 한다. 딸은 아부지의 지극한 사랑을 확인하면서 든든한 아버지의 등에 기대어 활기차게 자존감을 높이며 뛰어놀 수 있게 된다.

남편의 마흔 번째 생일날
손바닥만 한 파운드케잌에 초를 꽂았다
아들은 아비의 발이 고생한다며 양말을 선물했고
딸은 아비의 눈이 저만 보라며 노래를 했다

아이들을 재운 뒤
아내는 부끄러이 까만 비닐봉지를 내밀었다
하얀 난닝구 두 개
누런 난닝구를 벗고 하얀 난닝구를 입은
남편은 미안해하는 아내의 두 손을 꼭 잡았다

남편마저 재운 뒤

아내는 누런 난닝구를 잘랐다
쇠가위로 조심스레 행주를 만들어
양잿물을 넣고 곤로 위에 삶는다
남편 생일 덕분에 행주가 두 개나 생겼네
아내는 흐뭇해하며 혼잣말을 하는 것이었다
— 「난닝구와 행주」 전문

「난닝구와 행주」를 읽으면서 가난했던 1950년~1960
년대, 가끔은 1970년대까지의 우리나라 가정사를 떠올려
본다. 그 시기 가정은 가난하지만 아비가 있고 어미가 있
어 아이들에게 마음 따뜻한 곳이다. 시 「난닝구와 행주」
를 통해 사랑을 서로 나누고, 그 사랑을 '감사함으로', 서
로 '등 두드림으로' 지켜주는 가족의 혈연성은 참 생명을
이어가는 소중한 삶의 원리가 된다고 생각해본다. 아비
의 생일날 집에서 '손바닥만 한 파운드케 '을 놓고 가족
이 둘러앉아 생일 축하를 한다. 아비의 생일날 "아들은 아
비의 발이 고생한다며 양말을 선물했고/ 딸은 아비의 눈
이 저만 보라며 노래를 했다". 서로를 배려하고 감사하면
서 어려운 현실을 견디어낼 수 있는 가족은 삶의 남루함
도 아름답게 승화되는 곳이다. 가정은 가족과 나와 동질
성이 부여되는 곳, 허세부릴 필요 없이 내 모습 그대로 내
보이고 의지할 수 있는 공간이다.

아내(어미)는 남편(아비)을 위해 난닝구를 샀다. 좌판에서 산 까만 비닐봉지 속에 담긴 난닝구는 아비(남편)에 대한 사랑을 담은 어미(아내)의 소중한 선물이다. 가족을 위해 애쓰는 남편(아비)를 바라볼 때마다 가슴이 저미어 오는 아내(어미)는 남편(아비)의 땀에 젖어 누렇게 된, 낡고 해진 난닝구에서 아비(남편)의 가족을 위한 노고를 생각하며 감사해한다. 아내(어미)는 남편(아비)의 냄새가 물씬 나는 난닝구를 그냥 버릴 수가 없다. 난닝구를 잘라 행주를 만든다. 남편(아비) 냄새나는 행주가 있기에 집 안에서도 늘 남편(아비)과 함께할 수 있다.

4

시인은 「동정심에 하는 말이오만」에서 물질에 매몰되어 끊임없이 부를 축적하는 데 혈안이 되어 있는 현대인의 탐욕을 보여주고 있다. "가진 게 많아 참 힘드시겠소/ 그 귀한 걸 다 어찌 알고/ 그걸 또 힘들게 다 관리하고/ 나는 가진 게 없어/ 세상 살기 참 쉽소만"이라며 가진 것이 많아 행복한 것이 아니라, 가진 것을 지키고 관리하느라 인간의 본질적인 삶의 의미를 빼앗기고 있는 현대인의 어리석음을 꼬집고 있다. 시인의 시각으로 볼 때, 이기적인 인간사에서 일어나는 갈등과 고통은 끊임없이 다른 사람의 것을 빼앗으려 하고, 자신의 능력 이상의 것을 추구하려는 탐욕에서 비롯된다는 것이다. 「알면 알수록 모르겠다」에서 "사람들은 손에 무언가를 쥐어주면 좋아한다며 남보다 더 많이 재물을 쌓고 절대 나누지 말라 했다"는 구절은 '오늘날 많은 사람들은 행복을 정신의 내적인 충족감으로 측정하기보다는 물질적인 양적 가치로 측정한다'는 것을 암시한다. 이러한 시대적 풍조에서 사람들은 다른 사람과 비교하여 더 많은 재산을 갖고 인생을 즐겨야한다는 생각으로 과도하게 물질을 탐닉하게 된다. 이제사람들은 인간을 인격 자체로 평가하지 않고 물질로 평가하게 되고, 자신의 물질로 다른 사람을 지배하려는 우월 의식을 갖게 된다.

「중산층 시민」에서 "자본에 휘둘려 우느라 말조차 못하는/ 그런 너희들이/ 나와 같은 땅에 사는 줄 몰랐다"라는 구절에는 물질적 풍요 속에서 정신적 빈곤은 인간의존엄성과 삶의 진정성을 황폐화시킬 수 있다는 위기의식을 갖고 주위의 어려운 사람들을 삶의 현장을 둘러보라는뜻이 내포되어 있다. 또한 「중산층 시민」에는 살아가면서 삶에 충실하고 싶지만 혼자 감당하기에는 삶의 무게가무겁고 고통스러워 누군가에게 기대지 않고는 견디기 힘든 사람들을 외면한 화자의 회한을 살필 수 있다.

사람들은 어려운 인간관계에서 눈치 보면서 좁혀지고좁혀진 주름진 가슴이 서로 부딪쳐 아픈 멍이 들었지만,

멍이 든 가슴 결마다 인간의 온정이 깃든다면 또 다시 삶의 희망을 갖고 살아갈 수 있을 것이다. 마음을 다해 나의 삶을 성실하게 영위하면서 주위를 살피고 주위를 보듬고 더불어 함께하려는 사람의 삶의 태도를 시 「합창」과 「강아지풀」에서 살필 수 있다. 「합창」에서 화자는 "이레마다 합창하기 위해 한데 모이는 우리,/ 그간 어떤 목소리로 살아왔든지 간에/ 이제 나의 목소리를 내려놓고/ 우리의 노래 안에 나를 들여보낸다"고 말한다. 이 시에서 인생을 잘 산다는 것은 비본질적인 자만심, 재물, 엘리트 의식 등의 곁가지를 떼어내고, 인간에게 가장 본질적인 인간다운 인품을 나타내는 것이다. 이 시에서 말하는 좋은 인품이란, 주위 사람들을 배려하면서 주위 사람들과 함께 조화를 이룰 줄 아는, 너그러운 사람을 일컫는다.

시인은 「강아지풀」에서 "강아지풀이 떼 지어 흔들거린다/ 이놈한테 치이고 저놈한테 치이고/ 그래, 그렇게 함께 치여라/ 그리하면 쓰러지지 아니하리라!"라고 말하며, 우리 인간에게 식물로부터 배울 거리를 주고 있다. 날마다 자연과 만나 들과 밭에서 온갖 생명체의 품 속 같은 흙의 촉감을 느끼고, 새싹의 어여쁨을 느끼다 보면, 모든 것에 내재해 있는 생명의 애씀을 느낄 수 있다. 시인은 「강아지풀」에서 모든 생명체는 함께할 때 활기찬 생명력을 발휘한다는 것을 보여준다. 신비롭고 아름답게 보이는 생명체의 이면에는 자신의 생명을 키우기 위해 몸부림치는 생명의 애씀이 서려 있다는 것을 알 수 있다. 그 연약한 실뿌리가 이른 봄날 얼음이 채 녹지 않은 흙모래덩이를 뚫고 비집고 나와 싹을 틔울 수 있는 강한 생명력은 함께하기에 발휘할 수 있었고, 그 가느다란 줄기에 잎사귀와 이삭이 햇빛과 바람에 천천히 동화되면서 바람결에 따라 흔들거리면서도 쓰러지지 않는 것도 서로 함께하기 때문이다. 시인은 「강아지풀」에서 인간들에게 강아지풀이 보여주는 서로 이해하고 품고 의지하며 기꺼이 함께할 줄 아는 관심과 배려를 길들여 나가라고 넌지시 알려준다.

노자 『도덕경』 16장에 나오는 "용내공(容乃公)"이란 "포용하면 통하지 않는 것이 없으며, 그래야 넓게 공평에 이른다."라는 뜻이다. 노자는 근원으로 돌아가 본성을 회복하면 참 진리가 무엇인지 알게 되고, 참 진리를 알면 자연 만물을 포용하면서 만물과 통하게 된다고 말한다. 누군가를 사랑한다는 것은 그의 고유한 방식대로 자유롭게 살도록 하는 것이다.

「니랑 내랑 아리랑」에서 보여준 시 구절은 정겹지만 그 내용은 아프고 처절하다. "니랑 내랑 말이 다르다고? 그게 어때서?/ 니 지금 내 말 못 알아듣나?/ 니 내 말 모르나?/ 아니잖아! 모 알아들음 내 눈 봐라/ 니랑 내랑 아리랑 하면 되잖아, 아리랑 고개로 넘어와"라는 정겨운 구절로 니랑 내랑 함께하고 싶어 하는 이 시는 골이 깊게 단절된 남과 북의 이념의 벽을 허물기 위한 간절한 호소일 수 있고, 또한, 한때 우리와 친하게 지내다가 서로 간의 갈등으로 헤어진 사람들이 그리워 다시 만나기를 간절히 호소하는 것일 수도 있다. 단독자로서의 인간의 내적 고독감이 '너'라는 존재를 생각하는 것만으로는 안타까움만 과중되고, 만나야 해소될 수 있음을 살펴볼 수 있다. 너를 기다리는 일은 가슴 애타게 하는 일이다. 화자는 너를 만나서 기대야 살 것 같기에, 마냥 너를 기다리고만 있을 수 없다. 너를 향해 손짓하며 너를 부르는 경계 공간은 화자의 삶의 고통이 흡수되는 따뜻한 완충 지대로서 예전에 너를 향한 부정적인 요소도 아픔도 용해된다. 상대보다 먼저 다가가서 마음을 주는 것은 시간, 물질, 정성, 인내심, 살을 에는 듯한 아픔 등 생명을 내어주는 것이다.

시인은 오늘날 이기심으로 가득 찬 사람들에게 노자의 『도덕경』 56장의 "화광동진(和光同塵)"의 뜻을 품고 서로 이해하며 사랑했으면 하는 소망을 전달하고 있다. 그리고 시를 통해 좋은 세상을 만들기 위해 노력하고 있다. 사려 깊고 신중한 '화광동진(和光同塵)'하는 사람, 즉 그의 눈부신 능력의 빛을 은근하게 밝혀 주위의 사람들에게 좋은 영향을 주며 그들과 조화롭게 함께하는 그의 품격과 언행은 고요하고 깊다. 그는 여러 면에서 탁월한 능력을 갖추고 있지만, 자신의 탁월함을 드러내지 않고 주위 사람들을 올바른 곳으로 인도하며 세상을 보다 바람직하고 새롭게 변화시키는 데 주력한다. 그는 주위 사람들의 존경을 받으며 그들과 함께 잘 어울릴 수 있는 중용의 처세, 극단적으로 치우쳐 생각하지 않고, 옳은 생각, 좋은 생각, 깊이 있는 생각을 하며, 그 생각을 행동으로 실천하고 있다. 끝

달아실 기획시집 28

우리 집에는 구신이 산다

1판 1쇄 발행	2023년 9월 15일
지은이	김경희
발행인	윤미소
발행처	(주)달아실출판사
책임편집	박제영
디자인	전부다
법률자문	김용진, 이종진
주소	강원도 춘천시 춘천로 257, 2층
전화	033-241-7661
팩스	033-241-7662
이메일	dalasilmoongo@naver.com
출판등록	2016년 12월 30일 제494호

ⓒ 김경희, 2023
ISBN 979-11-91668-85-8 03810